Daniela Kickl

Der Führer durch die
Wahl in Wien 2020

Wien, Wien, nur Du allein -
Sollst die Stadt meiner Wahlen sein!

Cover Illustration von Michael Dufek

Bibliografische Information der Deutschen
Nationalbibliothek
Die Deutsche Nationalbibliothek verzeichnet diese Publikation in
der Deutschen Nationalbibliografie; detaillierte bibliografische
Daten sind im Internet über http://dnb.dnb.de abrufbar.

ISBN: 978-3-7519-8199-6

Die Demokratie ist nichts als ein Niederprügeln
des Volkes
durch das Volk
für das Volk

Oscar Wilde
(1854 - 1900)
Die Seele des Menschen unter dem Sozialismus
(1891)

Es ist wieder einmal so weit ...

Von Zeit zu Zeit, üblicherweise nicht allzu oft, aber oft genug, um das Gefühl der echten Mitbestimmung zu erzeugen, gibt es Wahlen. So auch in Wien, der Bundeshauptstadt, und zwar konkret am 11. Oktober 2020.

Es ist wie immer nicht leicht zu wissen, für wen man sein Kreuzerl machen soll. Woran soll man sich orientieren? An der Bundespolitik? An den Wiener Errungenschaften der letzten Jahre? An Sympathie für eine Partei oder Liste oder gar den/die Spitzenkandidaten/in?

Wir bekommen aus allen möglichen Medien alle möglichen und auch unmöglichen Informationen. Abgesehen davon, dass wir leider oft schon gar nimmer wissen, wem wir trauen können und wem eben nicht, ist es einfach auch die Fülle an Information, die es schwer macht, eine Entscheidung für die Wahl zu treffen. Der vorliegende Führer soll und kann hier ein wenig Abhilfe schaffen. Ging doch ein vorbereiteter Fragebogen direkt an die relevanten Parteien, an deren Antworten du dich im Folgenden erfreuen kannst.

Ein weiterer Grund für den hier vorliegenden Führer ist mein über die Jahre entstandener Eindruck, dass Parteien tendenziell nicht so volksnah sind, wie sie es gerne tun. Oder besser formuliert: meiner Ansicht nach sein sollten.

Man schreibt Parteien doch eher selten aus Fadesse an. Insofern erwarte ich mir doch (eh nur irgendwie) als Staatsbürgerin, dass auch geantwortet wird.

Immerhin beziehen sowohl die Damen und Herren in der Politik als auch die Parteien selbst ihre Apanagen vom Steuerzahler. Von einer gewissen moralischen Verantwortung der *"Volksvertreter"* will ich erst gar nicht beginnen.

Auch höre ich immer wieder von Freunden und Bekannten, dass sie sich mit konkreten Problemen hilfesuchend an die eine oder auch andere Partei wenden und meistens genau nichts zurück bekommen.

Das alles hat mich dazu inspiriert, es wieder selbst zu probieren. Also habe ich einen Fragebogen entworfen, den ich an alle Parteien geschickt habe, die entweder aktuell im Wiener Gemeinderat vertreten sind oder aber um den Einzug in selbigen kämpfen. Daraus folgt, dass es sechs Parteien sind, die zur Beantwortung meines Fragebogens eingeladen wurden.

In der Kategorie „*Fixstarter"* sind das, nach dem letzten Wahlerfolg sortiert: SPÖ, FPÖ, Grüne, ÖVP und NEOS.

In der Kategorie „*Wir hoffen noch"* sind es Team HC Strache, LINKS, Liste SÖZ und die BPÖ (Bierpartei Österreichs).

Am Sonntag, 02. August 2020 um 15:30 habe ich also den Fragebogen per E-Mail an folgende Adressen verschickt:

kontakt@spw.at, michael.ludwig@wien.gv.at,

lgst.wien@fpoe.at, dominik.nepp@fpoe.at,

landesbuero.wien@gruene.at, birgit.hebein@gruene.at,

info@wien.oevp.at, gernot.bluemel@wien.oevp.at,

wien@neos.eu, christoph.wiederkehr@neos.eu,

office@daoe-wien.at, gernot.rumpold@daoe-wien.at,

kontakt@links-wien.at,

pogo@bierpartei.eu, info@soez.at

Mit folgendem Text:

Sehr geehrte Damen und Herren!

Am 11. Oktober 2020 wird es so weit sein - und ganz Wien hoffentlich zur Wahl gehen.
Um gut gerüstet zu sein, wird zeitgerecht der "Führer durch die Wahl in Wien 2020" erscheinen. Nutzen Sie die einmalige Chance, sich den Wählerinnen und Wählern in nie da gewesener Form zu präsentieren!
Dazu finden Sie in der Anlage einen Fragebogen, den Sie bitte innerhalb einer Woche ausgefüllt an mich retournieren. Ebenso finden Sie die Teilnahmebedingungen und Details zur Punktevergabe in der Anlage.
Der Fragebogen richtet sich mit 7 Fragen an die Partei gesamt und mit weiteren 7 Fragen an den/die Spitzenkandidat*in persönlich.
Ich wünsche Ihnen viel Spaß beim Ausfüllen, bedanke mich schon jetzt für Ihr Interesse und sende
herzliche Grüße
Daniela Kickl

Zusätzlich zum Fragebogen habe ich mir Teilnahmebedingungen überlegt. Weil man doch immer ein klares Regelwerk braucht, an dem sich alle Teilnehmer orientieren können, das neutral die Punkte vergibt und damit den Sieger kürt.

~ ~ ~

Teilnahmebedingungen

Am Sonntag, 02. August 2020 werden E-Mails mit einem Fragebogen an alle Parteien und deren Spitzenkandidaten verschickt. Gut, nicht an alle Parteien, sondern nur an jene, die vorhaben, bei der Wahl in Wien auch tatsächlich ins Rennen zu gehen. Ist der/die Spitzenkandidat*in noch nicht bekannt, darf auch jemand anderer ausfüllen.

Antworten werden bis Sonntag, 09. August 2020 23:59 per E-Mail akzeptiert. Wer später schickt, kann nicht mehr teilnehmen.
Der (ausgefüllte) Fragebogen wird im *"Führer durch die Wahl in Wien 2020"* veröffentlicht, bewertet und kommentiert. Die Reihung in diesem Buch erfolgt nach Punkten: wer die wenigsten Punkte hat, wird als Erstes genannt, die Partei mit den meisten Punkten zuletzt.

Für die Fixstarter SPÖ, FPÖ, Grüne, ÖVP und NEOS gilt: wird der Fragebogen nicht ausgefüllt und fristgerecht retourniert, so gebe ich die Antworten selbst – nach besten Wissen und Gewissen sowie dem entsprechenden Vermerk, dass die Antworten eben von mir selbst stammen.

Die maximale Punktezahl pro Kategorie beträgt 9.Sollten die Nicht-Fixstarter THC, LINKS, BPÖ und SÖZ ihre Chance an der Teilnahme nicht nutzen, so wird für jeden, der nicht teilnimmt, diese maximale Punktezahl um 1 reduziert.

Wofür gibt es Punkte?

1) Engagement Teil 1

Wer als Erster das E-Mail inklusive ausgefülltem Fragebogen beantwortet, bekommt 9 Punkte, der Zweite 8 usw. Der Letzte bekommt einen 1 Punkt. Wer gar nix schickt, kriegt auch keinen Punkt.

2) Engagement Teil 2

Für jede beantwortete Frage gibt es einen Punkt. Wer Fragen ignoriert bzw. nicht beantwortet, bekommt also weniger bis keine Punkte.

Hinweis: Wenn Fragen nicht beantwortet sind, macht das außer der vertanen Möglichkeit nichts. Dann werde ich die Fragen selbst nach bestem Wissen und Gewissen beantworten (selbstverständlich mit dem entsprechenden Vermerk, dass die Antworten von mir stammen).

3) Ehrlichkeit

Manchmal hat man als Angehöriger des schnöden Wahlvolks doch das Gefühl, dass uns mehr Show als Ehrlichkeit geboten wird. Ehrlichkeit ist aber wichtig, weil wir wollen doch nicht die Katze im Sack wählen. Die Partei, bei der mein persönliches Gefühl am stärksten ist, dass sie die Fragen ehrlich beantwortet hat, bekommt 9 Punkte. Diejenige, bei der mein Geflunkergefühl am größten ist, bekommt 1 Punkt.

4) Das persönliche Brieferl

Besonders würde ich mich über ein einschmeichelndes, persönliches Brieferl vom/von der Spitzenkandidat*in freuen. Bitte wahren Sie die Balance zwischen freundlichem Schmeicheln und driften Sie nicht in ungustiöses Schleimen ab. Für das netteste Schreiben gibt es wieder 9 Punkte, für ein Schleimiges nur 1 Punkt.

<u>Zur Information:</u> Ein etwaiges Schreiben wird im *"Führer durch die Wahl in Wien 2020"* veröffentlicht.

~ ~ ~

Wie immer wartete ich also gespannt wie ein Pfitschipfeil auf die Antworten. Gleich am Montag, 03. August 2020 erreichte mich um 10:22 ein E-Mail von LINKS mit dem Text:

Sehr geehrte Frau Kickl!
Danke für ihre email, wir werden diese Chance unsere Positionen darzustellen jedenfalls nutzen.
Können sie noch kurz erläutern, wer die Zielgruppe ist, wie hoch die auflage des Buchs sein wird, wie es vertrieben wird. ect.
Liebe Grüße und einen schönen Tag

Ich antwortete prompt, hörte bzw. las aber nie wieder von der Gruppierung. Na dann halt nicht. Damit teilen sie sich den wenig ruhmreichen dritten Platz mit ganz vielen anderen.

~ ~ ~

PLATZ

Punkteanzahl : NULL, NADA, ZERO

**SPÖ, FPÖ, Grüne, ÖVP,
Team HC Strache, LINKS, SÖZ**

Ist es überraschend, dass die Wiener „*Großparteien*" so tun, als ob sie nichts etwas anginge? Nicht wirklich. Der Eindruck, dass man sich um alles schert, nur nicht um das Wahlvolk, manifestiert sich immer wieder.

Ist es überraschend, dass auch die Kleinen (bis auf eine Ausnahme) keinerlei Wert darauf legen, sich selbst zu präsentieren? Ja und Nein.

Im ersten Moment könnte man sich, vor allem wenn man optimistischer, ja gar naiver Natur ist, doch ein wenig wundern, dass auch die Kleinen so tun, als ginge sie das alles nichts an.

Auf den zweiten Blick entpuppt sich freilich eine geniale Strategie dahinter. Man tut schon jetzt so, als ob man zu den Großen gehören würde, und das impliziert eine gewisse Nonchalance im Umgang mit dem wählenden Volk. Wenn man nämlich so tut, als ob man zu den Großen gehörte, dann wird man auch tatsächlich eher einer von ihnen. Außerdem kommt einem natürlich im Falle von Koalitionsverhandlungen dieses korrekte Verhalten zugute, wähnt sich doch der künftige Partner im Desinteresse am Wähler nicht alleine.

Wie in den Teilnahmebedingungen bereits ausgeführt, werden nur die Fragebögen für die Fixstarter von mir an ihrer statt ausgefüllt. Für die Kleinen fehlt mir die ausreichende Information, um dies seriös durchführen zu können.

Daher finden sich im Anschluss die Fragebögen für SPÖ, FPÖ, Grüne und ÖVP. Viel Spaß damit!

~ ~ ~

Fragebogen SPÖ
(ausgefüllt nach bestem Wissen und Gewissen
von Daniela Kickl)

Teil: Fragen an die Partei insgesamt

Frage 1: Bitte nennen Sie 3 konkrete Projekte, die Ihre Partei garantiert umsetzen wird, sollte diese die Mehrheit im Wiener Gemeinderat bekommen!

o *Der baulich einwandfreie Feuerwehrmann, der unsere Wahlplakate als Bauarbeiter zierte, erhält einen Sitz im Gemeinderat. Wir wollen explizit für unsere Wählerinnen da sein und ihr Interesse an der Politik mit diesem Schritt befeuern.*

o *Wir führen in ganz Wien die 4-Tage-Woche ein, damit wir auch etwas haben, mit dem wir in den Medien punkten können und nicht neben dem Burgenländer wie Deppen dastehen.*

o *Unsere KandidatInnenliste wurde im Reißverschlusssystem erstellt, es folgt also auf jeden Kandidaten eine Kandidatin bzw. umgekehrt. Dieses bewährte Konzept der absoluten Gleichberechtigung werden wir auch beim Ein- und Aussteigen für Verkehrsmittel der Wiener Linien einführen.*

~ ~ ~

Frage 2: Sie erinnern sich sicherlich an die Hühnerweit-flug-Meisterschaft, für die der damalige Verkehrsminister Reichhold 2002 um Sponsoring bei der Telekom Austria angesucht hat. Welche (neuen) Sportarten würden Sie gerne unterstützen? (Mehrfaches Ankreuzeln ist möglich)

o   Hühnerweitflug-Meisterschaft 2.0
o   Polizei-Pferde-Gedächtnis-Pony-Reiten
o   Die große Meidling-Waldviertel-Meidling-
     Rundwanderung
x   **Möglichkeit zur eigenen Antwort:**

Wir brauchen nichts extra zu machen. Wir haben (noch) den Aufmarsch am 1. Mai und die Donauinsel, die, was viele wahrscheinlich nicht wissen, 1969 unter dem SPÖ Bürgermeister Bruno Marek GEGEN die Stimmen der ÖVP beschlossen und 1988 unter dem SPÖ Bürgermeister Helmut Zilk fertig gestellt wurde. Ja was denn noch?

~ ~ ~

Frage 3: Beschreiben Sie mit 3 Adjektiven, warum irgendein Wähler sein Kreuzerl ausgerechnet bei Ihrer Partei machen soll.

Sozial
Amikal
Phänomenal

~ ~ ~

Frage 4: Stellen Sie sich vor, Sie können EINE EINZIGE Maßnahme für Wien umsetzen, die von den anderen Parteien nicht rückgängig gemacht werden kann. Welche wäre das und warum?

o   Wir separieren Wien vom Rest Österreichs und rufen das Großherzogtum Vindobona aus!

o   Wir lassen alle Ausländer ausweisen.

o   Wir verschenken Tomatenpflanzen an alle, weil es dann keine Armut mehr gibt. Die dazu passenden Terrassen liefern wir bei Bedarf (kostenpflichtig) nach.

x   Möglichkeit zur eigenen Antwort:

Wir schließen uns dem Trend zum Infragestellen von Denkmälern an und ersetzen das Goethe-Denkmal bei der Oper durch eines von Michael Häupl. Den Herrn Goethe kennt eh jeder und der Michi Häupl war und ist sehr beliebt!

~ ~ ~

Frage 5: Stellen Sie sich vor, Sie müssten ein Mitglied Ihrer Partei gegen jemanden aus dem aktuellen Wiener Stadtrat tauschen. Wer sind die beiden und warum? Und schreiben Sie jetzt nicht, dass Sie das niemals tun würden, bitte!

Wir nehmen den nicht amtsführenden Stadtrat und Vizebürgermeister Dominik Nepp. Es ist egal, wer von uns seinen Posten übernimmt. Hauptsache, ein Blauer weniger im Stadtrat.

~ ~ ~

Frage 6: Unter welchen Umständen soll ein/e Bürgermeister*in ganz sicher zurücktreten? (Mehrfaches Ankreuzeln ist möglich)

x **Das kommt drauf an (z.B. auf die Partei)**
o Wenn er/sie lügt und es eh alle wissen
o Außer wegen irgendwelcher Videos eigentlich nie
o Wann immer es der Anstand gebieten würde

~ ~ ~

Frage 7: Stellen Sie sich vor, Ihre Partei schafft am 11. Oktober 2020 die absolute Mehrheit. Sie sind – no na ned – in Feierlaune und laden EINE andere Partei zu einer Runde im Riesenrad mit anschließendem Langos im Prater ein. Welche Partei ist das?

o Keine Ahnung, dazu fehlt uns wirklich die Phantasie.
o Wir laden sicher KEINE andere Partei ein!
o Wenn wir schon jemanden einladen, dann unsere Wähler!
x **Möglichkeit zur eigenen Antwort:**

Wir laden die Bierpartei ein. Außerdem nehmen wir den mit einem Denkmal bedachten Michi Häupl inklusive Spritzwein mit und schon wird aus der Bierpartei die Weinpartei!

~ ~ ~

Teil2: Fragen an den/die Spitzenkandidat*in

Frage 1: Gleich zum Einstieg die Frage aller Fragen: wie essen Sie Ihr Twinni?

o   Zuerst den orangen Teil
o   Zuerst den grünen Teil
o   Ich esse gar kein Twinni
x   **Möglichkeit zur eigenen Antwort:**

Ich esse nur den orangen Teil, den grünen schenke ich der Hebein, oder irgendeiner anderen Grünin. Ich sage niemanden, dass Twinni von Eskimo ist, sonst kann ich mir wieder stundenlange Litaneien anhören, warum der Name rassistisch sei.

~ ~ ~

Frage 2: Wie wir aus dem Brieferl No.177 noch wissen, scheint es Sebastian Kurz damals nicht gestört zu haben, vom nachmaligen und mittlerweile schon sehr ehemaligen Vizekanzler HC *"Bumsti"* Strache *"Ohrwaschlkaktus"* genannt worden zu sein. Die Vermutung liegt nahe, dass Pflanzennamen in Politikerkreisen immer noch sehr en vogue sind, während man sich im gemeinen Fußvolk doch eher Tiernamen zu geben pflegt.
Als welche Pflanze sehen Sie sich am ehesten selbst?

Als rote Nelke selbstverständlich, was sonst?

~ ~ ~

Frage 3: Welches der folgenden Lieder repräsentiert für Sie WIEN am besten?

o Da Hofa von Wolfgang Ambros
o Jö schau von Georg Danzer
o An der schönen blauen Donau von Johann Strauss (Sohn)
x **Möglichkeit zur eigenen Antwort:**

„Die Internationale", die dann nach einer geringfügigen Änderung des Textes „Die Wienerische" heißt:

Östrreich hör die Signale!
Auf zum letzten Gefecht!
Die allzeit Wienerische
erkämpft das Menschenrecht!

~ ~ ~

Frage 4: Stellen Sie sich vor, es gibt gerade eine weltweite Pandemie. Stellen Sie sich weiters vor, dass sich deshalb die Welt in einer einzigartigen Wirtschaftskrise befindet. Und jetzt stellen Sie sich vor, ein Land hätte einen Finanzminister, der trotz allem so viel Zeit hat, dass er locker nebenbei noch Wahlkampf in der Hauptstadt betreiben kann.
Ich weiß, das ist schwer vorstellbar! Dennoch die Frage an Sie: wie finden Sie das?

Um den Fragebogen hier nicht unnötig in die Länge zu ziehen, einigen wir uns auf: ich finde das sehr türkis!

~ ~ ~

Frage 5: Wie Sie wissen, wurde anhand des Doppelspaltexperiments nachgewiesen, dass sich EIN Photon gleichzeitig an ZWEI Orten aufhalten bzw. beobachtet werden kann. Dieses Phänomen hat nun auch in der Politik Einzug gefunden, wenn Sie beispielsweise an das Meidling-Waldviertel-Paradoxon und die Landstraßer-Klosterneuburg-Projektion denken. An welchen zwei Orten können Sie sich üblicherweise gleichzeitig aufhalten?

o   Im Wirtshaus und im Gemeinderat

x   **Im Büro und auf der Couch daheim**

o   Das kann ich leider nicht verraten

o   Möglichkeit zur eigenen Antwort:

~ ~ ~

Frage 6: Im Rahmen eines Benefiz-Projektes werden Sie eingeladen, bei der Aufführung im Rahmen des Donauinselfestes eine Rolle in *„Der Watzmann ruft"* zu übernehmen. Welche wählen Sie?

o   Watzmann

o   Alter Knecht

o   Gailtalerin

x   **Möglichkeit zur eigenen Antwort:**

Als Bürgermeister will ich den Bürgermeister spielen! Wenn keiner im Original vorkommt, wird eben adaptiert!

~ ~ ~

Frage 7: Bitte wählen Sie jeweils eine Alternative:

x Donauinsel	oder	Gänsehäufel o
o McDonald's	oder	**Wienerwald x**
x Diesseits der Donau	oder	Jenseits der Donau o
o Sigmund Freud	oder	**Erwin Ringel x**
o Fendrich	oder	Ambros o

weder noch – sondern Ludwig! Ludwig Hirsch

x Manner Schnitten	oder	Schwedenbomben o
o Swedy	oder	**Manja x**
o Null Komma Josef	oder	**Ottakringer Helles x**

~ ~ ~

Fragebogen FPÖ
(ausgefüllt nach bestem Wissen und Gewissen
von Daniela Kickl)

Teil1: Fragen an die Partei insgesamt

Frage 1: Bitte nennen Sie 3 konkrete Projekte, die Ihre Partei garantiert umsetzen wird, sollte diese die Mehrheit im Wiener Gemeinderat bekommen!

o *Wir setzen die „Rückkehr zur echten Normalität" nach dem Coronawahnsinn um – ganz Wien soll maskenfrei hüpfen und tanzen dürfen, der Babyelephant wird nach Schönbrunn* ~~deportiert geliefert verfrachtet~~ *gebracht.*

o *Wir bauen eine Mauer rund um Wien und lassen keine Ausländer mehr rein. Also keine Zuwanderer. Schon welche aus der EU, weil das müssen wir müssen wir nehmen. Aber sonst niemanden. NIEMANDEN!*

o *Die FPÖ ist die einzige Partei, die ohne Wenn und Aber auf der Seite der Österreicher steht! Das werden wir überall plakatieren! Damit es auch niemand jemals vergisst!*

~ ~ ~

Frage 2: Sie erinnern sich sicherlich an die Hühnerweit-flug-Meisterschaft, für die der damalige Verkehrsminister Reichhold 2002 um Sponsoring bei der Telekom Austria ange-sucht hat. Welche (neuen) Sportarten würden Sie gerne unter-stützen? (Mehrfaches Ankreuzeln ist möglich)

o   Hühnerweitflug-Meisterschaft 2.0

x   **Polizei-Pferde-Gedächtnis-Pony-Reiten**

o   Die große Meidling-Waldviertel-Meidling-
    Rundwanderung

o   Möglichkeit zur eigenen Antwort:

~ ~ ~

Frage 3: Beschreiben Sie mit 3 Adjektiven, warum irgend-ein Wähler sein Kreuzerl ausgerechnet bei Ihrer Partei machen soll.

Blau (wie die Donau)

Ehrlich (wie ein Kinderhemd)

Tierlieb (das kommt immer gut an, auch ohne Tierschutzbe-auftrage Fipsi Strache, deren Namen wir eigentlich gar nicht kennen – kannten wir sie jemals? Und war die nicht bei der Bundespartei? Kann man hier auch wieder etwas löschen? Wie funktioniert das? Na dann halt nicht!)

~ ~ ~

Frage 4: Stellen Sie sich vor, Sie können EINE EINZIGE Maßnahme für Wien umsetzen, die von den anderen Parteien nicht rückgängig gemacht werden kann. Welche wäre das und warum?

o   Wir separieren Wien vom Rest Österreichs und rufen das Großherzogtum Vindobona aus!

x   **Wir lassen alle Ausländer ausweisen.**

o   Wir verschenken Tomatenpflanzen an alle, weil es dann keine Armut mehr gibt. Die dazu passenden Terrassen liefern wir bei Bedarf (kostenpflichtig) nach.

o   Möglichkeit zur eigenen Antwort:

~ ~ ~

Frage 5: Stellen Sie sich vor, Sie müssten ein Mitglied Ihrer Partei gegen jemanden aus dem aktuellen Wiener Stadtrat tauschen. Wer sind die beiden und warum? Und schreiben Sie jetzt nicht, dass Sie das niemals tun würden, bitte!

Wir tauschen Dominik Nepp gegen Birgit Hebein. Dann ist das ganze Pop-Up-Klumpert von den Radwegen bis hin zum Pool endlich Geschichte! Was wir mit der Frau Hebein machen, wissen wir zwar noch nicht, aber als soziale Heimatpartei werden wir sozial sein und ihr eine neue Heimat bieten!

~ ~ ~

Frage 6: Unter welchen Umständen soll ein/e Bürgermeister*in ganz sicher zurücktreten? (Mehrfaches Ankreuzen ist möglich)

x **Das kommt drauf an (z.B. auf die Partei)**
o   Wenn er/sie lügt und es eh alle wissen
o   Außer wegen irgendwelcher Videos eigentlich nie
o   Wann immer es der Anstand gebieten würde

~ ~ ~

Frage 7: Stellen Sie sich vor, Ihre Partei schafft am 11. Oktober 2020 die absolute Mehrheit. Sie sind – no na ned – in Feierlaune und laden EINE andere Partei zu einer Runde im Riesenrad mit anschließendem Langos im Prater ein. Welche Partei ist das?

o   Keine Ahnung, dazu fehlt uns wirklich die Phantasie.
o   Wir laden sicher KEINE andere Partei ein!
x **Wenn wir schon jemanden einladen, dann unsere Wähler!**
o   Möglichkeit zur eigenen Antwort:

~ ~ ~

Teil2: Fragen an den/die Spitzenkandidat*in

Frage 1: Gleich zum Einstieg die Frage aller Fragen: wie essen Sie Ihr Twinni?

o   Zuerst den orangen Teil

o   Zuerst den grünen Teil

x   Ich esse gar kein Twinni

o   Möglichkeit zur eigenen Antwort:

~ ~ ~

Frage 2: Wie wir aus dem Brieferl No.177 noch wissen, scheint es Sebastian Kurz damals nicht gestört zu haben, vom nachmaligen und mittlerweile schon sehr ehemaligen Vizekanzler HC *"Bumsti"* Strache *"Ohrwaschlkaktus"* genannt worden zu sein. Die Vermutung liegt nahe, dass Pflanzennamen in Politikerkreisen immer noch sehr en vogue sind, während man sich im gemeinen Fußvolk doch eher Tiernamen zu geben pflegt.
Als welche Pflanze sehen Sie sich am ehesten selbst?

Ich bin eine Kornblume aus einem Kornfeld!

~ ~ ~

Frage 3: Welches der folgenden Lieder repräsentiert für Sie WIEN am besten?

o   Da Hofa von Wolfgang Ambros
o   Jö schau von Georg Danzer
x   An der schönen blauen Donau von Johann Strauss (Sohn)
o   Möglichkeit zur eigenen Antwort:

~ ~ ~

Frage 4: Stellen Sie sich vor, es gibt gerade eine weltweite Pandemie. Stellen Sie sich weiters vor, dass sich deshalb die Welt in einer einzigartigen Wirtschaftskrise befindet. Und jetzt stellen Sie sich vor, ein Land hätte einen Finanzminister, der trotz allem so viel Zeit hat, dass er locker nebenbei noch Wahlkampf in der Hauptstadt betreiben kann.
Ich weiß, das ist schwer vorstellbar! Dennoch die Frage an Sie: wie finden Sie das?

Typisch!

~ ~ ~

Frage 5: Wie Sie wissen, wurde anhand des Doppelspaltexperiments nachgewiesen, dass sich EIN Photon gleichzeitig an ZWEI Orten aufhalten bzw. beobachtet werden kann. Dieses Phänomen hat nun auch in der Politik Einzug gefunden, wenn Sie beispielsweise an das Meidling-Waldviertel-Paradoxon und die Landstraßer-Klosterneuburg-Projektion denken. An welchen zwei Orten können Sie sich üblicherweise gleichzeitig aufhalten?

o Im Wirtshaus und im Gemeinderat

o Im Büro und auf der Couch daheim

o Das kann ich leider nicht verraten

x Möglichkeit zur eigenen Antwort:

Alleine die Annahme, dass ich irgendwie auch nur annähernd so ein könnte, wie die plump von Ihnen Angezählten, pardon, Angespielten, also die halt, auf die Sie angespielt haben, zeigt mir, dass Sie kein Fan von mir sind.
Bleibt mir eines zu schreiben, und das ist: Pfui!

~ ~ ~

Frage 6: Im Rahmen eines Benefiz-Projektes werden Sie eingeladen, bei der Aufführung im Rahmen des Donauinselfestes eine Rolle in „*Der Watzmann ruft*" zu übernehmen. Welche wählen Sie?

o   Watzmann

o   Alter Knecht

o   Gailtalerin

x   **Möglichkeit zur eigenen Antwort:**

Ich möchte gerne die Rolle übernehmen, die der Paul Löwinger immer gehabt hat. Welche das ist, ist mir gerade entfallen, aber Sie werden das schon für mich herausfinden, Guteste!

~ ~ ~

Frage 7: Bitte wählen Sie jeweils eine Alternative:

x Donauinsel	oder	Gänsehäufel o
o McDonald's	oder	**Wienerwald x**
o Diesseits der Donau	oder	**Jenseits der Donau x**
o Sigmund Freud	oder	Erwin Ringel o
	kenne ich nicht	
o Fendrich	oder	Ambros o
	Blue Man Group	
o Manner Schnitten	oder	**Schwedenbomben x**
x Swedy	oder	Manja o
o Null Komma Josef	oder	Ottakringer Helles o
	Die blaue Sau	

~ ~ ~

Fragebogen Grüne
(ausgefüllt nach bestem Wissen und Gewissen
von Daniela Kickl)

Teil 1: Fragen an die Partei insgesamt

Frage 1: Bitte nennen Sie 3 konkrete Projekte, die Ihre Partei garantiert umsetzen wird, sollte diese die Mehrheit im Wiener Gemeinderat bekommen!

o *Grüne Jobs. Wir wollen nicht nur grüne Menschen, wir wollen grüne Jobs und das für jeden. Dort, wo die grünen Anforderungen für grüne Jobs nicht umsetzbar sind, malen wir das Gebäude zumindest grün an.*

o *Wir verbannen alle privat genutzten Autos aus Wien. Wer sich irgendwo hinbegeben will, soll die Öffis benutzen, Fahrrad fahren oder zu Fuß gehen. Auch Reittiere sind möglich, wobei der Babyelephant für diesen Verwendungszweck noch zur Diskussion steht.*

o *Wir poppen, wo es geht. Soll heißen, wir verzieren die Stadt mit Pop-Up-Radwegen und -Pools. Im Winter gibt es dann Pop-Up-Skipisten, -Sprungschanzen und -Eislaufplätze. Das hat den Vorteil, dass wir bei der Schneeräumung und beim Salzen der Straßen sparen können. Einfach eine schneebedeckte Straße als Skipiste deklarieren und ab geht die Post!*

~ ~ ~

Frage 2: Sie erinnern sich sicherlich an die Hühnerweit-flug-Meisterschaft, für die der damalige Verkehrsminister Reichhold 2002 um Sponsoring bei der Telekom Austria angesucht hat. Welche (neuen) Sportarten würden Sie gerne unterstützen? (Mehrfaches Ankreuzeln ist möglich)

o   Hühnerweitflug-Meisterschaft 2.0
o   Polizei-Pferde-Gedächtnis-Pony-Reiten
o   Die große Meidling-Waldviertel-Meidling-
     Rundwanderung
x   **Möglichkeit zur eigenen Antwort:**

Wir laden zum Freda-Meissner-Blau-und-DDr.-Günther-Nenning-Gedenk-Tierverkleidungs-Symposium. Damit die Wählerinnen sich daran erinnern, dass es irgendwann auch Grüne gab, die wirklich noch Grün waren.

~ ~ ~

Frage 3: Beschreiben Sie mit 3 Adjektiven, warum irgendein Wähler sein Kreuzerl ausgerechnet bei Ihrer Partei machen soll.

Anständig (weil wen sonst würde der Anstand wählen)
Zukünftig (weil wen sonst würde die Zukunft wählen)
Klimatisch (weil wen sonst würde das Klima wählen)

~ ~ ~

Frage 4: Stellen Sie sich vor, Sie können EINE EINZIGE Maßnahme für Wien umsetzen, die von den anderen Parteien nicht rückgängig gemacht werden kann. Welche wäre das und warum?

o   Wir separieren Wien vom Rest Österreichs und rufen das Großherzogtum Vindobona aus!

o   Wir lassen alle Ausländer ausweisen.

x   Wir verschenken Tomatenpflanzen an alle, weil es dann keine Armut mehr gibt. Die dazu passenden Terrassen liefern wir bei Bedarf (kostenpflichtig) nach.

o   Möglichkeit zur eigenen Antwort:

~ ~ ~

Frage 5: Stellen Sie sich vor, Sie müssten ein Mitglied Ihrer Partei gegen jemanden aus dem aktuellen Wiener Stadtrat tauschen. Wer sind die beiden und warum? Und schreiben Sie jetzt nicht, dass Sie das niemals tun würden, bitte!

Wir tauschen die Ulli Sima aus. Gegen irgendeine Frau aus unserer Partei, wir sind da flexibel. Die Hauptsache ist, wir stellen dann auch die Stadträtin für Umwelt und Wiener Stadtwerke.

~ ~ ~

Frage 6: Unter welchen Umständen soll ein/e Bürgermeister*in ganz sicher zurücktreten? (Mehrfaches Ankreuzen ist möglich)

x **Das kommt drauf an (z.B. auf die Partei)**
o   Wenn er/sie lügt und es eh alle wissen
o   Außer wegen irgendwelcher Videos eigentlich nie
o   Wann immer es der Anstand gebieten würde

~ ~ ~

Frage 7: Stellen Sie sich vor, Ihre Partei schafft am 11. Oktober 2020 die absolute Mehrheit. Sie sind – no na ned – in Feierlaune und laden EINE andere Partei zu einer Runde im Riesenrad mit anschließendem Langos im Prater ein. Welche Partei ist das?

o   Keine Ahnung, dazu fehlt uns wirklich die Phantasie.
o   Wir laden sicher KEINE andere Partei ein!
o   Wenn wir schon jemanden einladen, dann unsere Wähler!
x **Möglichkeit zur eigenen Antwort:**

Wir laden die ÖVP ein. Wir haben einander auf Bundesebene so lieb, das kann auch für Wien nicht falsch sein.

~ ~ ~

Teil 2: Fragen an den/die Spitzenkandidat*in

Frage 1: Gleich zum Einstieg die Frage aller Fragen: wie essen Sie Ihr Twinni?

x   Zuerst den orangen Teil – weil das Beste kommt immer zum Schluss
o   Zuerst den grünen Teil
o   Ich esse gar kein Twinni
o   Möglichkeit zur eigenen Antwort:

~ ~ ~

Frage 2: Wie wir aus dem Brieferl No.177 noch wissen, scheint es Sebastian Kurz damals nicht gestört zu haben, vom nachmaligen und mittlerweile schon sehr ehemaligen Vizekanzler HC *"Bumsti"* Strache *"Ohrwaschlkaktus"* genannt worden zu sein.

Die Vermutung liegt nahe, dass Pflanzennamen in Politikerkreisen immer noch sehr en vogue sind, während man sich im gemeinen Fußvolk doch eher Tiernamen zu geben pflegt.

Als welche Pflanze sehen Sie sich am ehesten selbst?

Ich bin jede Pflanze, ich bin die personifizierte Flora!

~ ~ ~

Frage 3: Welches der folgenden Lieder repräsentiert für Sie
WIEN am besten?

o   Da Hofa von Wolfgang Ambros
o   Jö schau von Georg Danzer
o   An der schönen blauen Donau von Johann Strauss (Sohn)
x   **Möglichkeit zur eigenen Antwort:**

„Ja, Mir San Mit'm Radl Da ..." Das Lied ist zwar von Ernst
Neger, was doppelt schwer wiegt, weil er ein weißer Mann
war, der dazu auch noch Blacknaming betrieben hat und da-
durch sowohl aus feministischer Sicht, als auch aus heutiger
Black Lives Matter Sicht absolut inakzeptabel ist, aber ich will
heute ausnahmsweise gnädig sein.

~ ~ ~

Frage 4: Stellen Sie sich vor, es gibt gerade eine weltweite
Pandemie. Stellen Sie sich weiters vor, dass sich deshalb die
Welt in einer einzigartigen Wirtschaftskrise befindet. Und
jetzt stellen Sie sich vor, ein Land hätte einen Finanzminister,
der trotz allem so viel Zeit hat, dass er locker nebenbei noch
Wahlkampf in der Hauptstadt betreiben kann.
Ich weiß, das ist schwer vorstellbar! Dennoch die Frage an Sie:
wie finden Sie das?

Großartig! Man darf Menschen nie unterschätzen. Nur weil
nicht allen Multitasking gegeben ist, muss man andere, denen
das bereits in die Wiege gelegt wurde, nicht schlecht machen!

~ ~ ~

Frage 5: Wie Sie wissen, wurde anhand des Doppelspaltexperiments nachgewiesen, dass sich EIN Photon gleichzeitig an ZWEI Orten aufhalten bzw. beobachtet werden kann. Dieses Phänomen hat nun auch in der Politik Einzug gefunden, wenn Sie beispielsweise an das Meidling-Waldviertel-Paradoxon und die Landstraßer-Klosterneuburg-Projektion denken. An welchen zwei Orten können Sie sich üblicherweise gleichzeitig aufhalten?

o   Im Wirtshaus und im Gemeinderat
o   Im Büro und auf der Couch daheim
o   Das kann ich leider nicht verraten
x   **Möglichkeit zur eigenen Antwort:**

Ich fahre am Pop-Up-Radweg und bade im Pop-Up-Pool.

~ ~ ~

Frage 6: Im Rahmen eines Benefiz-Projektes werden Sie eingeladen, bei der Aufführung im Rahmen des Donauinselfestes eine Rolle in *„Der Watzmann ruft"* zu übernehmen. Welche wählen Sie?

o   Watzmann
o   Alter Knecht
o   Gailtalerin
x   **Möglichkeit zur eigenen Antwort:**

Ich benenne das ganze Stück um und gebe die Watzfrau!

~ ~ ~

Frage 7: Bitte wählen Sie jeweils eine Alternative:

x Donauinsel	oder	Gänsehäufel o
x McDonald's	oder	Wienerwald o
o Diesseits der Donau	oder	**Jenseits der Donau x**
o Sigmund Freud	oder	Erwin Ringel o

Gibt's keine Frau?

o Fendrich	oder	Ambros o

Birgit Langer vom Fernando Express

o Manner Schnitten	oder	Schwedenbomben o

Bio-Kekse ohne Zucker

o Swedy	oder	Manja o

Bio-Schoki ohne Zucker

x Null Komma Josef	oder	Ottakringer Helles o

~ ~ ~

Fragebogen ÖVP

(ausgefüllt nach bestem Wissen und Gewissen
von Daniela Kickl)

Teil1: Fragen an die Partei insgesamt

Frage 1: Bitte nennen Sie 3 konkrete Projekte, die Ihre Partei garantiert umsetzen wird, sollte diese die Mehrheit im Wiener Gemeinderat bekommen!

o *Eigentumswohnung statt Mietwohnung!*
o *Freie Bahn auf den Busspuren für Motorradfahrer!*
o *AHS für alle (nur die Geeigneten, das ist klar)!*

~ ~ ~

Frage 2: Sie erinnern sich sicherlich an die Hühnerweitflug-Meisterschaft, für die der damalige Verkehrsminister Reichhold 2002 um Sponsoring bei der Telekom Austria angesucht hat. Welche (neuen) Sportarten würden Sie gerne unterstützen? (Mehrfaches Ankreuzeln ist möglich)

o Hühnerweitflug-Meisterschaft 2.0
o Polizei-Pferde-Gedächtnis-Pony-Reiten
**x Die große Meidling-Waldviertel-Meidling-
  Rundwanderung**
o Möglichkeit zur eigenen Antwort:

~ ~ ~

Frage 3: Beschreiben Sie mit 3 Adjektiven, warum irgendein Wähler sein Kreuzerl ausgerechnet bei Ihrer Partei machen soll.

Kurz – Prägnant - Blümel

~ ~ ~

Frage 4: Stellen Sie sich vor, Sie können EINE EINZIGE Maßnahme für Wien umsetzen, die von den anderen Parteien nicht rückgängig gemacht werden kann. Welche wäre das und warum?

x **Wir separieren Wien vom Rest Österreichs und rufen das Großherzogtum Vindobona aus!**

o Wir lassen alle Ausländer ausweisen.

o Wir verschenken Tomatenpflanzen an alle, weil es dann keine Armut mehr gibt. Die dazu passenden Terrassen liefern wir bei Bedarf (kostenpflichtig) nach.

o Möglichkeit zur eigenen Antwort:

~ ~ ~

Frage 5: Stellen Sie sich vor, Sie müssten ein Mitglied Ihrer Partei gegen jemanden aus dem aktuellen Wiener Stadtrat tauschen. Wer sind die beiden und warum? Und schreiben Sie jetzt nicht, dass Sie das niemals tun würden, bitte!

Wir tauschen alle aus und geben die Positionen an Gernot Blümel. Was Mahrer kann, kann Blümel schon lang!

~ ~ ~

40

Frage 6: Unter welchen Umständen soll ein/e Bürgermeister*in ganz sicher zurücktreten? (Mehrfaches Ankreuzen ist möglich)

x   **Das kommt drauf an (z.B. auf die Partei)**
o   Wenn er/sie lügt und es eh alle wissen
o   Außer wegen irgendwelcher Videos eigentlich nie
o   Wann immer es der Anstand gebieten würde

~ ~ ~

Frage 7: Stellen Sie sich vor, Ihre Partei schafft am 11. Oktober 2020 die absolute Mehrheit. Sie sind – no na ned – in Feierlaune und laden EINE andere Partei zu einer Runde im Riesenrad mit anschließendem Langos im Prater ein. Welche Partei ist das?

o   Keine Ahnung, dazu fehlt uns wirklich die Phantasie.
x   **Wir laden sicher KEINE andere Partei ein!**
o   Wenn wir schon jemanden einladen, dann unsere Wähler!
o   Möglichkeit zur eigenen Antwort:

~ ~ ~

Teil2: Fragen an den/die Spitzenkandidat*in

Frage 1: Gleich zum Einstieg die Frage aller Fragen: wie essen Sie Ihr Twinni?

o   Zuerst den orangen Teil

o   Zuerst den grünen Teil

o   Ich esse gar kein Twinni

x   **Möglichkeit zur eigenen Antwort:**

Ich lasse mir vom Zanoni ein Blumen-Eis kreieren und das verschenke ich dann im Prater statt dem Langos!

~ ~ ~

Frage 2: Wie wir aus dem Brieferl No.177 noch wissen, scheint es Sebastian Kurz damals nicht gestört zu haben, vom nachmaligen und mittlerweile schon sehr ehemaligen Vizekanzler HC *"Bumsti"* Strache *"Ohrwaschlkaktus"* genannt worden zu sein.
Die Vermutung liegt nahe, dass Pflanzennamen in Politikerkreisen immer noch sehr en vogue sind, während man sich im gemeinen Fußvolk doch eher Tiernamen zu geben pflegt.
Als welche Pflanze sehen Sie sich am ehesten selbst?

Wollen Sie mich pflanzen? Meine Name ist Blümel, als was soll ich mich schon sehen?

~ ~ ~

Frage 3: Welches der folgenden Lieder repräsentiert für Sie WIEN am besten?

o   Da Hofa von Wolfgang Ambros
o   Jö schau von Georg Danzer
o   An der schönen blauen Donau von Johann Strauss (Sohn)
o   **Möglichkeit zur eigenen Antwort:**

Das Blumenlied, Op.39 von Gustav Lange

~ ~ ~

Frage 4: Stellen Sie sich vor, es gibt gerade eine weltweite Pandemie. Stellen Sie sich weiters vor, dass sich deshalb die Welt in einer einzigartigen Wirtschaftskrise befindet. Und jetzt stellen Sie sich vor, ein Land hätte einen Finanzminister, der trotz allem so viel Zeit hat, dass er locker nebenbei noch Wahlkampf in der Hauptstadt betreiben kann.

Ich weiß, das ist schwer vorstellbar! Dennoch die Frage an Sie: wie finden Sie das?

Danke, nächste Frage bitte!

~ ~ ~

Frage 5: Wie Sie wissen, wurde anhand des Doppelspaltexperiments nachgewiesen, dass sich EIN Photon gleichzeitig an ZWEI Orten aufhalten bzw. beobachtet werden kann. Dieses Phänomen hat nun auch in der Politik Einzug gefunden, wenn Sie beispielsweise an das Meidling-Waldviertel-Paradoxon und die Landstraßer-Klosterneuburg-Projektion denken. An welchen zwei Orten können Sie sich üblicherweise gleichzeitig aufhalten?

o   Im Wirtshaus und im Gemeinderat

o   Im Büro und auf der Couch daheim

o   Das kann ich leider nicht verraten

x   **Möglichkeit zur eigenen Antwort:**

Ich kann Finanzminister, Bürgermeister und Stadträte gleichzeitig geben und mich entsprechend nicht nur an zwei, sondern mindestens fünf Orten zeitgleich aufhalten.

~ ~ ~

Frage 6: Im Rahmen eines Benefiz-Projektes werden Sie eingeladen, bei der Aufführung im Rahmen des Donauinselfestes eine Rolle in *„Der Watzmann ruft"* zu übernehmen. Welche wählen Sie?

x   **Watzmann**

o   Alter Knecht

o   Gailtalerin

o   Möglichkeit zur eigenen Antwort:

~ ~ ~

Frage 7: Bitte wählen Sie jeweils eine Alternative:

o Donauinsel	oder	**Gänsehäufel x**
o McDonald's	oder	**Wienerwald x**
o Diesseits der Donau	oder	**Jenseits der Donau x**
o Sigmund Freud	oder	**Erwin Ringel x**
o Fendrich	oder	**Ambros x**
o Manner Schnitten	oder	**Schwedenbomben x**
o Swedy	oder	**Manja x**
o Null Komma Josef	oder	**Ottakringer Helles x**

~ ~ ~

PLATZ

Punkteanzahl : 25

BPÖ – BierPartei Österreich

Punktezusammensetzung:

Einsendung als Zweiter =	5 Punkte
Alle Fragen beantwortet =	14 Punkte
Ehrlichkeit:	<u>6 Punkte</u>
Gesamt:	25 Punkte

Am Sonntag, 09.08.2020, also fristgerecht am letzten Tag, dafür aber bereits um 07:31 schickte Dr. Marco Pogo seinen ausgefüllten Fragebogen.

Nachdem ich mich per E-Mail bedankt hatte, schrieb er um 17:35 diese Zeilen, die mich sehr berührt haben:

„Sehr sehr gern. Sorry für meine Trägheit."

Während sich also die meisten der anderen Parteien nicht einmal gar nicht gemeldet haben, und so taten, als ob sie von nix wüssten, entschuldigt der Herr von der Bierpartei für seine Trägheit. Die ich ihm im Übrigen nicht abkaufe, war er doch seit Mitte Juli ständig auf Achse, um Unterstützungserklärungen für seine Partei zu bekommen.

Ist es ein Witz, wenn eine Witz-Partei mehr Engagement zeigt, als eine, die Seriosität vorgaukelt?
Ist die One-Man-Show besser organisiert als ein großer Parteiapparat?
Und wird die Sehnsucht nach der alten Normalität, als noch ein gut eingespritzter Bürgermeister Wien regierte, genug Leute begeistern können?

~ ~ ~

Fragebogen BIERPARTEI

Teil: Fragen an die Partei insgesamt

Frage 1: Bitte nennen Sie 3 konkrete Projekte, die Ihre Partei garantiert umsetzen wird, sollte diese die Mehrheit im Wiener Gemeinderat bekommen!

o *Mein oberstes Wahlversprechen ist es, den WienerInnen einen Bierbrunnen zu erbauen, an dem das ganze Jahr über Bier rausprudelt. Ich denke, dass ich mich soweit aus dem Fenster lehnen kann, dass JEDER Wiener Bezirk einen Bierbrunnen bekommt.*

o *Ich werde endlich eine meiner frühesten Forderungen, das bedingungslose Grundfassl umsetzen. Das Grundfassl, kurz BGF, bekommt jede/r ab 16. Die Zustellung erfolgt monatlich.*

o *Sperrstunde abschaffen, Arbeitszeit auf ein erträgliches Maß reduzieren (Stichwort Null-Stunden-Woche), und was auch endlich - für uns alle - kommen wird: Das 7-Tage-Wochenende.*

~ ~ ~

Frage 2: Sie erinnern sich sicherlich an die Hühnerweit-flug-Meisterschaft, für die der damalige Verkehrsminister Reichhold 2002 um Sponsoring bei der Telekom Austria angesucht hat. Welche (neuen) Sportarten würden Sie gerne unterstützen? (Mehrfaches Ankreuzeln ist möglich)

o   Hühnerweitflug-Meisterschaft 2.0
o   Polizei-Pferde-Gedächtnis-Pony-Reiten
o   Die große Meidling-Waldviertel-Meidling-
    Rundwanderung
x   Möglichkeit zur eigenen Antwort:

Ich als begnadeter Trinksportler werde natürlich die Seidl-Rallye durch alle 23 Wiener Bezirke als Pflichtsportart einführen!

~ ~ ~

Frage 3: Beschreiben Sie mit 3 Adjektiven, warum irgendein Wähler sein Kreuzerl ausgerechnet bei Ihrer Partei machen soll.

Überzeugung
Durst
totale Verzweiflung ob der andren Auswahlmöglichkeiten

~ ~ ~

Frage 4: Stellen Sie sich vor, Sie können EINE EINZIGE Maßnahme für Wien umsetzen, die von den anderen Parteien nicht rückgängig gemacht werden kann. Welche wäre das und warum?

o   Wir separieren Wien vom Rest Österreichs und rufen das Großherzogtum Vindobona aus!

o   Wir lassen alle Ausländer ausweisen.

o   Wir verschenken Tomatenpflanzen an alle, weil es dann keine Armut mehr gibt.

Die dazu passenden Terrassen liefern wir bei Bedarf (kostenpflichtig) nach.

x   Möglichkeit zur eigenen Antwort:

Eignungstests für PolitikerInnen.

~ ~ ~

Frage 5: Stellen Sie sich vor, Sie müssten ein Mitglied Ihrer Partei gegen jemanden aus dem aktuellen Wiener Stadtrat tauschen. Wer sind die beiden und warum? Und schreiben Sie jetzt nicht, dass Sie das niemals tun würden, bitte!

Ich würde alle Mitglieder mal auf Urlaub schicken, dann freuen sich alle, und wir würden mal den direkten Unterschied sehen, was passiert, wenn alle dort ihre Arbeit einstellen. Also, ob überhaupt irgendwas passiert ...

~ ~ ~

Frage 6: Unter welchen Umständen soll ein/e Bürgermeister*in ganz sicher zurücktreten? (Mehrfaches Ankreuzen ist möglich)

o   Das kommt drauf an (z.B. auf die Partei)
o   Wenn er/sie lügt und es eh alle wissen
o   Außer wegen irgendwelcher Videos eigentlich nie
x   **Wann immer es der Anstand gebieten würde**

~ ~ ~

Frage 7: Stellen Sie sich vor, Ihre Partei schafft am 11. Oktober 2020 die absolute Mehrheit. Sie sind – no na ned – in Feierlaune und laden EINE andere Partei zu einer Runde im Riesenrad mit anschließendem Langos im Prater ein. Welche Partei ist das?

o   Keine Ahnung, dazu fehlt uns wirklich die Phantasie.
o   Wir laden sicher KEINE andere Partei ein!
x   **Wenn wir schon jemanden einladen, dann unsere Wähler!**
o   Möglichkeit zur eigenen Antwort:

~ ~ ~

Teil2: Fragen an den/die Spitzenkandidat*in

Frage 1: Gleich zum Einstieg die Frage aller Fragen: wie essen Sie Ihr Twinni?

o Zuerst den orangen Teil
o Zuerst den grünen Teil
x Ich esse gar kein Twinni
o Möglichkeit zur eigenen Antwort:

~ ~ ~

Frage 2: Wie wir aus dem Brieferl No.177 noch wissen, scheint es Sebastian Kurz damals nicht gestört zu haben, vom nachmaligen und mittlerweile schon sehr ehemaligen Vizekanzler HC *"Bumsti"* Strache *"Ohrwaschlkaktus"* genannt worden zu sein.
Die Vermutung liegt nahe, dass Pflanzennamen in Politikerkreisen immer noch sehr en vogue sind, während man sich im gemeinen Fußvolk doch eher Tiernamen zu geben pflegt.
Als welche Pflanze sehen Sie sich am ehesten selbst?

Hopfen.

~ ~ ~

Frage 3: Welches der folgenden Lieder repräsentiert für Sie WIEN am besten?

o   *Da Hofa* von Wolfgang Ambros
o   *Jö schau* von Georg Danzer
o   *An der schönen blauen Donau* von Johann Strauss (Sohn)
x   **Möglichkeit zur eigenen Antwort:**

Insel muss Insel bleiben von TURBOBIER. Is ja auch von mir.

~ ~ ~

Frage 4: Stellen Sie sich vor, es gibt gerade eine weltweite Pandemie. Stellen Sie sich weiters vor, dass sich deshalb die Welt in einer einzigartigen Wirtschaftskrise befindet. Und jetzt stellen Sie sich vor, ein Land hätte einen Finanzminister, der trotz allem so viel Zeit hat, dass er locker nebenbei noch Wahlkampf in der Hauptstadt betreiben kann.
Ich weiß, das ist schwer vorstellbar! Dennoch die Frage an Sie: wie finden Sie das?

Keine Ahnung, ich hab keinen Laptop und darüber hinaus auch wenig Zeit, mich mit Spaßparteien wie der ÖVP auseinanderzusetzen.

~ ~ ~

Frage 5: Wie Sie wissen, wurde anhand des Doppelspaltexperiments nachgewiesen, dass sich EIN Photon gleichzeitig an ZWEI Orten aufhalten bzw. beobachtet werden kann. Dieses Phänomen hat nun auch in der Politik Einzug gefunden, wenn Sie beispielsweise an das Meidling-Waldviertel-Paradoxon und die Landstraßer-Klosterneuburg-Projektion denken. An welchen zwei Orten können Sie sich üblicherweise gleichzeitig aufhalten?

o   Im Wirtshaus und im Gemeinderat

o   Im Büro und auf der Couch daheim

o   Das kann ich leider nicht verraten

x   **Möglichkeit zur eigenen Antwort:**

Ich kann mich in 2 Wirtshäusern gleichzeitig aufhalten.

~ ~ ~

Frage 6 Im Rahmen eines Benefiz-Projektes werden Sie eingeladen, bei der Aufführung im Rahmen des Donauinselfestes eine Rolle in *„Der Watzmann ruft"* zu übernehmen. Welche wählen Sie?

o   Watzmann

o   Alter Knecht

x   **Gailtalerin**

o   Möglichkeit zur eigenen Antwort:

Die Gailtalerin klingt gut. Die Rolle übernehm ich.

~ ~ ~

Frage 7: Bitte wählen Sie jeweils eine Alternative:

x **Donauinsel**	oder	Gänsehäufel o
o McDonald's	oder	Wienerwald o

weder noch

x **Diesseits der Donau**	oder	Jenseits der Donau o
o Sigmund Freud	oder	Erwin Ringel o

Stefan Weber

o Fendrich	oder	**Ambros x**
x **Manner Schnitten**	oder	Schwedenbomben o
o Swedy	oder	Manja o

Dosenbier

o Null Komma Josef	oder	Ottakringer Helles o

TurboBier

~ ~ ~

56

PLATZ

Punkteanzahl : 32

NEOS

Punktezusammensetzung:

Einsendung als Erster =	6 Punkte
Alle Fragen beantwortet =	14 Punkte
Ehrlichkeit:	6 Punkte
Persönliches Brieferl:	<u>6 Punkte</u>
Gesamt:	32 Punkte

Am Donnerstag, 06. August 2020 um 17:51 erhielt ich ein E-Mail mit folgendem Text, geschrieben von einer persönlichen Mitarbeiterin von Christoph Wiederkehr.

Sehr geehrte Frau Kickl,
ich bedanke mich im Namen von Christoph Wiederkehr bei Ihnen für die Zusendung und retourniere den ausgefüllten Fragebogen sowie einen kleinen Brief im Anhang.
Liebe Grüße

Ich war regelrecht entzückt. Obwohl ich, hätte ich gewettet, mit NEOS als ersten Einsender auf das richtige Pferd gesetzt hätte. Sie sind immer jene Partei, die am ehesten sowohl mit mir als auch mit sonstigen Mitgliedern des schnöden Wahlvolks interagiert. Man kann inhaltlich bei NEOS durchaus geteilter Meinung sein. Was deren Umgang mit interessierten Bürgern angeht, gibt es keine etablierte Partei, die ihnen auch nur annähernd das Wasser reichen kann!

~ ~ ~

Fragebogen NEOS

Teil 1: Fragen an die Partei insgesamt

Frage 1: Bitte nennen Sie 3 konkrete Projekte, die Ihre Partei garantiert umsetzen wird, sollte diese die Mehrheit im Wiener Gemeinderat bekommen!

o *Allen Kindern die bestmögliche Bildung gewährleisten, unabhängig von ihrer Herkunft und ihrem sozialen Hintergrund.*

o *Den Wiener Unternehmen wieder die Luft zum Atmen geben, um ihnen zu ermöglichen, neue Jobs zu schaffen.*

o *Die gläserne Stadt umsetzen - volle Transparenz und Informationsfreiheit bei allen Verwaltungshandlungen in Wien.*

~ ~ ~

Frage 2: Sie erinnern sich sicherlich an die Hühnerweit-flug-Meisterschaft, für die der damalige Verkehrsminister Reichhold 2002 um Sponsoring bei der Telekom Austria angesucht hat. Welche (neuen) Sportarten würden Sie gerne unterstützen? (Mehrfaches Ankreuzen ist möglich)

o   Hühnerweitflug-Meisterschaft 2.0

o   Polizei-Pferde-Gedächtnis-Pony-Reiten

o   Die große Meidling-Waldviertel-Meidling-
Rundwanderung

x   **Möglichkeit zur eigenen Antwort:**

Die Transparenz-Rallye mit Michael Ludwig zur Abschaffung der Freunderlwirtschaft - die bringt dem Steuerzahler viel mehr als die Organisation kostet!

~ ~ ~

Frage 3: Beschreiben Sie mit 3 Adjektiven, warum irgendein Wähler sein Kreuzerl ausgerechnet bei Ihrer Partei machen soll.

empathisch
innovativ
sauber

~ ~ ~

Frage 4: Stellen Sie sich vor, Sie können EINE EINZIGE Maßnahme für Wien umsetzen, die von den anderen Parteien nicht rückgängig gemacht werden kann. Welche wäre das und warum?

o   Wir separieren Wien vom Rest Österreichs und rufen das Großherzogtum Vindobona aus!

o   Wir lassen alle Ausländer ausweisen.

o   Wir verschenken Tomatenpflanzen an alle, weil es dann keine Armut mehr gibt. Die dazu passenden Terrassen liefern wir bei Bedarf (kostenpflichtig) nach.

x   **Möglichkeit zur eigenen Antwort:**

Ein großes Parteienfinanz-Transparenzpaket: Der Stadtrechnungshof soll auch die Befugnis haben, die Parteifinanzen überprüfen zu können, damit Vereinskonstruktionen verhindert werden;

verpflichtende Offenlegung der Einnahmen und Ausgaben aller Teil- und Vorfeldorganisationen sowie nahestehender Organisationen und Vereine sowie laufendes Monitoring der Einnahmen und Ausgaben während des Wahlkampfs und endgültige Wahlkampfkostenabrechnung drei Monate nach der Wahl.

~ ~ ~

Frage 5: Stellen Sie sich vor, Sie müssten ein Mitglied Ihrer Partei gegen jemanden aus dem aktuellen Wiener Stadtrat tauschen. Wer sind die beiden und warum? Und schreiben Sie jetzt nicht, dass Sie das niemals tun würden, bitte!

Wir würden unser Maskottchen, das Einhorn "Horny", gegen einen beliebigen nicht-amtsführenden Stadtrat (bzw. Stadträtin) tauschen. Eine Win-Win-Situation: Das Einhorn würde bessere Politik als der nicht-amtsführende Stadtrat machen und der nicht-amtsführende Stadtrat bekäme bei uns endlich etwas zu tun!

~ ~ ~

Frage 6: Unter welchen Umständen soll ein/e Bürgermeister*in ganz sicher zurücktreten? (Mehrfaches Ankreuzen ist möglich)

o   Das kommt drauf an (z.B. auf die Partei)
o   Wenn er/sie lügt und es eh alle wissen
o   Außer wegen irgendwelcher Videos eigentlich nie
x   **Wann immer es der Anstand gebieten würde**

~ ~ ~

Frage 7: Stellen Sie sich vor, Ihre Partei schafft am 11. Oktober 2020 die absolute Mehrheit. Sie sind – no na ned – in Feierlaune und laden EINE andere Partei zu einer Runde im Riesenrad mit anschließendem Langos im Prater ein. Welche Partei ist das?

o   Keine Ahnung, dazu fehlt uns wirklich die Phantasie.
o   Wir laden sicher KEINE andere Partei ein!
o   Wenn wir schon jemanden einladen, dann unsere Wähler!
x   **Möglichkeit zur eigenen Antwort:**

Ja - wenn wir schon jemanden einladen, dann unsere Wähler_innen! Die laden wir nämlich zu jeder Wahlparty ein!

~ ~ ~

Teil2: Fragen an den/die Spitzenkandidat*in

Frage 1: Gleich zum Einstieg die Frage aller Fragen: wie essen Sie Ihr Twinni?

o   Zuerst den orangen Teil
o   Zuerst den grünen Teil
o   Ich esse gar kein Twinni
x   **Möglichkeit zur eigenen Antwort:**

Zuerst die Schoko von beiden Teilen!

~ ~ ~

Frage 2: Wie wir aus dem Brieferl No.177 noch wissen, scheint es Sebastian Kurz damals nicht gestört zu haben, vom nachmaligen und mittlerweile schon sehr ehemaligen Vizekanzler HC *"Bumsti"* Strache *"Ohrwaschlkaktus"* genannt worden zu sein.

Die Vermutung liegt nahe, dass Pflanzennamen in Politikerkreisen immer noch sehr en vogue sind, während man sich im gemeinen Fußvolk doch eher Tiernamen zu geben pflegt.

Als welche Pflanze sehen Sie sich am ehesten selbst?

Stachel (im Fleisch der Mächtigen)

~ ~ ~

Frage 3: Welches der folgenden Lieder repräsentiert für Sie WIEN am besten?

o   Da Hofa von Wolfgang Ambros
o   Jö schau von Georg Danzer
o   An der schönen blauen Donau von Johann Strauss (Sohn)
x   Möglichkeit zur eigenen Antwort:

Tango Korrupti von Reinhard Fendrich

~ ~ ~

Frage 4: Stellen Sie sich vor, es gibt gerade eine weltweite Pandemie. Stellen Sie sich weiters vor, dass sich deshalb die Welt in einer einzigartigen Wirtschaftskrise befindet. Und jetzt stellen Sie sich vor, ein Land hätte einen Finanzminister, der trotz allem so viel Zeit hat, dass er locker nebenbei noch Wahlkampf in der Hauptstadt betreiben kann.

Ich weiß, das ist schwer vorstellbar! Dennoch die Frage an Sie: wie finden Sie das?

Ein nicht amtsführender Finanzminister ist genauso unnötig wie nicht amtsführende Stadträte in Wien!

~ ~ ~

Frage 5: Wie Sie wissen, wurde anhand des Doppelspaltexperiments nachgewiesen, dass sich EIN Photon gleichzeitig an ZWEI Orten aufhalten bzw. beobachtet werden kann. Dieses Phänomen hat nun auch in der Politik Einzug gefunden, wenn Sie beispielsweise an das Meidling-Waldviertel-Paradoxon und die Landstraßer-Klosterneuburg-Projektion denken. An welchen zwei Orten können Sie sich üblicherweise gleichzeitig aufhalten?

x **Im Wirtshaus und im Gemeinderat**

o Im Büro und auf der Couch daheim

o Das kann ich leider nicht verraten

o Möglichkeit zur eigenen Antwort:

~ ~ ~

Frage 6: Im Rahmen eines Benefiz-Projektes werden Sie eingeladen, bei der Aufführung im Rahmen des Donauinselfestes eine Rolle in *„Der Watzmann ruft"* zu übernehmen. Welche wählen Sie?

x **Watzmann**

o Alter Knecht

o Gailtalerin

o Möglichkeit zur eigenen Antwort:

~ ~ ~

Frage 7: Bitte wählen Sie jeweils eine Alternative:

x Donauinsel	oder	Gänsehäufel o
o McDonald's	oder	**Wienerwald x**
x Diesseits der Donau	oder	Jenseits der Donau o
x Sigmund Freud	oder	Erwin Ringel o
x Fendrich	oder	Ambros o
x Manner Schnitten	oder	Schwedenbomben o
x Swedy	oder	Manja o
o Null Komma Josef	oder	**Ottakringer Helles x**

~ ~ ~

Das Extra persönliche Brieferl

Ein Wahlgedicht

Liebste Kickl Dani,
gerne mach ich dir den Schani!
Wähl' mich doch, dann wirst du sehen
Wien kann neue Wege gehen!

Die falsche Wahl wär' HC Strache
Der sinnt nur auf seine Rache.
Gernot Blümel hat statt Schwung
Lücken der Erinnerung.
Und diesen Mann Dominik Nepp
Wählt doch nicht einmal ein Depp.

Birgit Hebein ist zwar keck,
doch kommt sie nicht so recht vom Fleck.
Und Michi Ludwig, hör' den Rat
Ist als Bürgermeister fad.

Also Dani, wähl' uns bitte
Wir NEOS sind die Kraft der Mitte,
Alles Liebe, nimm's nicht schwer,
Herzlichst Christoph Wiederkehr!

~ ~ ~

Die vorliegenden Antworten helfen Ihnen hoffentlich weiter, um Ihre Entscheidung in der Wahlkabine fällen zu können. Ginge es nach dem Engagement für den vorliegenden Fragebogen, so müssten der nächste Wiener Bürgermeister Christoph Wiederkehr, M.A. und der Vizebürgermeister Dr. Marco Pogo heißen.

Das wird freilich kaum passieren, wenngleich mir die Idee sehr gut gefällt. Es wäre eine perfekte Möglichkeit für NEOS zu zeigen, ob sie halten können, was sie versprechen, vor allem was die Transparenz und Freunderlwirtschaft betrifft. Vielleicht wären NEOS eine geeignete Arznei gegen Politverdrossenheit, die in Wahrheit doch eine Politiker-Verdrossenheit ist. Weil man zu oft das Gefühl vermittelt bekommt, die sitzen alle nur auf ihren Posten und schauen, dass sie diese behalten können. Was die Leute wollen oder brauchen, interessiert Politiker offenbar kaum bis gar nicht. Jeder fährt seine Schiene, versucht mit seinen Themen Schlagzeilen zu machen und setzt nach erfolgreich geschlagener Wahl ohnehin kaum etwas vom Versprochenen um.

Als Ausgleich zu NEOS gäbe es dann eben die Bierpartei, die ein bisserl Spaß ins Leben bringt und den bitteren Ernst aus der Politik vertreibt. Ernsthaftigkeit kann nämlich auch entspannt und humorvoll sein. Wer sich selbst zu ernst nimmt, hat ohnehin schon verloren.

In diesem Sinne freue ich mich auf eine
NEOS & BPÖ Koalition!

~ ~ ~